Johann Wilhelm Christian Steiner

Die Verwandtschaften der Großherzoglichen Häuser Hessen und Mecklenburg-Schwerin

Antigonos

Johann Wilhelm Christian Steiner

Die Verwandtschaften der Großherzoglichen Häuser Hessen und Mecklenburg-Schwerin

Unveränderter Nachdruck der Originalausgabe von 1864.

1. Auflage 2024 | ISBN: 978-3-38636-802-5

Antigonos Verlag ist ein Imprint der Outlook Verlagsgesellschaft mbH.

Verlag: Outlook Verlag GmbH, Zeilweg 44, 60439 Frankfurt, Deutschland, info@outlook-verlag.de
Vertretungsberechtigt: E. Roepke, Zeilweg 44, 60439 Frankfurt, Deutschland
Druck: Libri Plureos GmbH, Friedensallee 273, 22763 Hamburg, Deutschland

Die Verwandtschaften

der

Großherzoglichen Häuser

Hessen und Mecklenburg-Schwerin

zunächst in Bezug auf ihren gemeinschaftlichen Ahnherrn Ludwig VIII., Landgrafen von Hessen = Darmstadt und dessen Gemahlin die gemeinschaftliche Ahnfrau Charlotte Christine, geb. Gräfin von Hanau.

Von

Hofrath Dr. jur. et phil. Steiner,

Historiographen des großh. hessischen Hauses und Landes, Ritter erster Klasse des großh. hessischen Philippsordens, Inhaber der k. k. österr. goldnen Gelehrten- Verdienst-Medaille, Mitglied der k. Akademie der Wissenschaften zu München ꝛc.

Darmstadt, 1864.

Im Selbstverlage des Verfassers.

Kittsteiner'sche Buchdruckerei in Hanau.

Programm

zur

Feier der Vermählung

Seiner Königlichen Hoheit

des Allerdurchlauchtigsten

Großherzogs Friedrich Franz II. von Mecklenburg = Schwerin

mit

Ihrer Großherzoglichen Hoheit

der Durchlauchtigsten

Prinzessin Anna Maria von Hessen und bei Rhein

glückwünschend dargebracht

von dem Verfasser.

Das zur Feier der Vermählung Seiner Großherzoglichen Hoheit des Prinzen Ludwig von Hessen und bei Rhein mit Ihrer Königlichen Hoheit der Prinzessin Alice von Großbritannien und Irland erschienene Programm unter dem Titel „Die Verwandtschaften des Großherzoglich Hessischen Hauses mit 23 regierenden Häusern durch Vermählungen seit der Regierung des Landgrafen Ludwig IX. von Hessen-Darmstadt von 1768 bis jetzt," zeigt unter vorausgeschickten erklärenden Bemerkungen auf 33 Tafeln dieses verwandtschaftliche Verhältniß mit folgenden Regentenhäusern:

den Kaiserlichen Häusern Rußland, Oesterreich, Frankreich,
den Königlichen Häusern Großbritannien und Irland, Spanien, Preußen, der Niederlande, Bayern, Sachsen, Würtemberg, Griechenland,
dem Kurfürstlichen Hause Hessen,
den Großherzogl. Häusern Oldenburg, Baden, Mecklenburg-Strelitz, Mecklenburg-Schwerin, Sachsen,

den Herzoglichen Häusern Modena, Anhalt-Köthen, Anhalt-
Dessau, Sachsen-Meiningen,
Sachsen-Coburg-Gotha,

dem Landgräflichen Hause Hessen-Homburg,

dem Fürstlichen Hause Schwarzburg-Rudolstadt.

Das unter diesen Regentenhäusern befindliche Großherzogliche
Haus Mecklenburg-Schwerin wird in diesem Programm auf
zwei Schemas nach der im Titel jener Schrift angeführten Grundlage
verwandtschaftlich aufgeführt. Wir lassen sie in den Anlagen I und II
hier folgen, und beziehen uns hierbei auf Das, was hierzu in der
Einleitung jenes Programms gesagt worden ist.

Wir konnten damals, selbstverständlich, von der gewählten Basis
nicht abweichen, weil durch deren Festhalten jeder Verwirrung vor-
gebeugt werden mußte, wie dieses bei genealogischen Arbeiten
bekanntlich überhaupt stets geboten erscheint.

Jetzt an der Hand geschichtlicher Rückerinnerung und solch' schöner
Traditionen, nach welchen in der Vergangenheit und Gegenwart,
kraft ihres heilvollen Zusammenhangs, sich das deutsche Leben (durch
Anhänglichkeit des Volkes an seine angestammten Regentenhäuser
und dessen Liebe zum Vaterlande) frisch und lebendig erhalten, und
immer mehr aufblühend vor unsern Augen zeigt; — bei dem jetzt
nach einer starken föderativen Bundesmacht naturgemäß strebenden
Zeitgeiste fühlt sich der deutsche Historiker gehoben und aufgemuntert,
jedem geschichtlichen Gegenstande seines engeren wie größeren Vater-
landes freudige und hoffnungsvolle Aufmerksamkeit zuzuwenden, jede
Gelegenheit zu Studium und Arbeit daran zu benutzen, — wie wir
denn dieses gegenwärtig aus Anlaß eines für die erlauchten Ange-
hörigen zweier hohen deutschen Regentenhäuser sowohl als für die
Bewohner zweier deutschen Bundesländer höchstinteressanten Ereignisses
(der auf dem Titel dieser Schrift bemerkten hohen Vermählung) von
einem die Geschichte beider Häuser und Länder beleuchtenden andern
Standpunkte, als dem des erwähnten Programms aufzufassen beab-
sichtigen.

Wir gehen, um diesen neuen Standpunkt zu gewinnen, in der
Ascendenz beider Großherzogl. Häuser von dem Ahnherrn Ludwig IX.,
Landgrafen von Hessen-Darmstadt und dessen Gemahlin, der Ahnfrau
Henriette Caroline, um einen Grad hinauf zu dem Ahnherrn

Ludwig VIII., Landgrafen von Hessen=Darmstadt und seiner Gemahlin der Ahnfrau Charlotte Christine.

Welch' ein interessantes genealogisches Schema entrollt sich hier vor unsern Blicken, denn wie viel erhebende geschichtliche Momente knüpfen sich an die Namen der darin aufgezeichneten fürstlichen Personen, welche in der liebevollen und treuen Erinnerung unserer Zeitgenossen leben, — fortleben werden in jener ihrer Nachkommen.

Kaum bedarf es mehr als die Nennung dieser Namen (insbesondere vieler durch ihre Tugenden und Grazien gleich ausgezeichneten fürstlichen Frauen), um sich allezeit zu überzeugen, daß dieses eine Thatsache ist, erhöht und gestärkt durch unverfälschte Tradition, schriftliche Aufzeichnung, eigenes Erlebniß an sich selbst bei Vielen, und durch Zeugen der Wahrheit (s. Schema IV).

Dem Zwecke und dem Raume dieser Schrift entsprechend, sei es jedoch nur gestattet, dieser Thatsache der Tradition ohne näheres Eingehen darauf, blos im Allgemeinen zu gedenken. Die hier bei=gefügte Literatur und einige dazu gegebene Notizen werden zur Erleichterung einer speciellen Kenntnißnahme dienen und gerade für das vorgesetzte Ziel dieser Arbeit ausreichen.

Zu Nr. 1, des Schemas IV. Der Ahnherr Landgraf Ludwig VIII., geboren den 5. April 1691, succedirte seinem Vater, dem Landgrafen Ernst Ludwig den 12. September 1743 und starb den 17. Oct. 1768. Er war k. k. österr. General=Feldmarschall und Chef eines Dragoner=Regiments, auch oberrheinischer Kreisoberst. Das Jagdschloß Kranich=stein bei Darmstadt, der Lieblingsaufenthalt dieses Fürsten, bewahrt viele und mannichfache Gegenstände der Erinnerung an ihn und seine Zeit, deren noch nicht vollständig erhobene Beschreibung (namentlich in Bezug auf das Jagdwesen und dessen damalige Eigenthümlichkeiten) einer speciellen historischen Arbeit (des Verfassers wenn Gott hierzu Kraft verleiht) vorbehalten ist.

Die Gemahlin dieses ehrwürdigen, als milden und wohlwollenden Regenten bekannten Ahnherrn war die einzige Tochter des letzten Grafen von Hanau, Johann Reinhard, Charlotte Christine Magdalena, Erbin der Grafschaft Hanau=Lichtenberg. Geboren den 2. Mai 1700 wurde sie an Ludwig, damals noch Erbprinz, vermählt (5. April 1717.) Nach einer 9jährigen Ehe starb sie am 1. Juli 1726 in dem jugend=lichen Alter von 26 Jahren.

Aus dieser kurzen Ehe, nach deren Ende Ludwig im treuen und liebevollen Andenken an seine hingeschiedene Gattin bis an sein Lebensende Wittwer blieb, entsprossen folgende sechs Kinder:

1) Der Regierungsnachfolger Landgraf Ludwig IX., geboren ben 15. December 1719 (s. unten zu 2, a). 2) Die Prinzessin Charlotte Wilhelmine, geboren den 8. October 1720, † den 25. Febr. 1721 3) Der Landgraf Georg Wilhelm, geb. den 25. Juli 1722 (s. u. zu 2 b) 4) Die Prinzessin Caroline Luise, geb. den 21. Juli 1723, † den 3. April 1783. Gemahlin des Markgrafen nachherigen Großherzogs von Baden Carl Friedrich. 5) Die Prinzessin Luise Auguste, geboren den 15. März 1725, † den 23. Januar 1742. 6) Prinz Johann Fr. Carl, geb. den 7. Mai 1726, † den 2. Januar 1746.

Sieben Wochen nach der Geburt dieses Prinzen starb unsere Ahnfrau.

Literatur. Dr. Ph. Dieffenbach, Geschichte von Hessen mit besonderer Berücksichtigung des Großherzogthums, S. 200, Dessen Geschichte der Residenz Darmstadt, S. 98.

Heber, Geschichte des Großherzogthums Hessen, S. 166 f. Hilb, Militärchronik I, S. 178 f. Wagner, Beschreibung des Großherzogthums Hessen IV. S. 36 f.

Zu 2 a, des Schemas IV. Ludwig IX. geboren den 15. Decbr. 1719, succedirt den 7. October 1765 und starb den 6. April 1790 zu Pirmasens, wo sich in der ehemaligen Garnisonskirche sein schönes Denkmal befindet, welches der höchstselige Großherzog Ludwig II. im Jahr 1838 mit den auf demselben befindlichen Worten: Pietas pro divite grata munere, errichten ließ. Auch S. K. H. Ludwig III. gab dieser Pietät Ausdruck durch Uebersendung eines Bildnisses Ludwigs IX. (Oelgemälde in Lebensgröße von Hofmaler Noack) an die Stadt Pirmasens als Geschenk für dieselbe, wo das Andenken an diesen einstens hier mit Vorliebe residirenden Fürsten in liebevoller Verehrung und Dankbarkeit fortlebt.

Seine Gemahlin war die berühmte Henriette Caroline, des Pfalzgrafen Christian III. zu Zweibrücken-Birkenfeld Tochter, geboren den 9. März 1721, vermählt den 12. August 1741, gestorben zu Darmstadt am 30. März 1774, wo sich ihr Grabmal im großherzogl. Hofgarten befindet, auf dessen Hügel die von König Friedrich dem

Großen gestiftete Marmorurne steht, deren Inschrift die ihren hohen Geist bezeichnenden Worte: sexu femina ingenio vir, enthält.

Literatur. Die oben zu Nr. 1, allegirten Schriften, sodann: Dr Steiner Ludewig I., Großherzog von Hessen und bei Rhein, nach seinem Leben und Wirken, 1842, S. 2 f. Dr Steiner, Ludwig II., Großherzog von Hessen und bei Rhein, nach seinem Leben und Wirken, 1849, S. 108 f. Dr Steiner, Nekrolog Ludwigs II. 1849. Dr. Steiner, Henriette Caroline, Landgräfin von Hessen-Darmstadt, nach ihrem Leben und Wirken, 1841. Dr. Steiner, Die Verwandtschaften des Großherzoglichen Hauses, 1861.

Zu 3 a, des Schemas IV. Ludewig I., Großherzog von Hessen und bei Rhein, geboren zu Prenzlau den 14. Juni 1753, succedirt den 6. April 1794, starb den 6. April 1830, 77 Jahre alt. Dieser große Fürst, als Begründer unserer neuen hessischen Geschichte, nach Außen und nach Innen thätig, gerecht, klug, weise und standhaft, schuf selbstständig zahlreiche Reformen, die in ihrer Tiefe und Weisheit den Grund ihrer Fortdauer in sich selbst tragen.

Seine Gemahlin Luise Henriette Caroline, geboren den 15. Februar 1791, vermählt den 19. Februar 1777, † den 24. Oct. 1829, war die Tochter des Landgrafen Georg Wilhelm von Hessen-Darmstadt. Sie war 53 Jahre lang die treue Lebensgefährtin Ludewigs I., eine wohlwollende Landesmutter, eine mildthätige Beschützerin der Armen. Die Feier des goldnen Vermählungsfestes dieses fürstlichen Ehepaars (19. Febr. 1827) wird stets in Erinnerung bleiben.

Literatur. Die zu 1 allegirten Schriften, sodann des Verfassers ausführliche Biographie Ludewigs I. (s. zu 2 a) und bezüglich auf dessen Gemahlin das., S. 462 f., ferner die zu 2 a alleg. Biographie Ludwigs II., S. 87 f., und der Landgräfin Henriette Caroline, sodann dessen Verwandtschaften des Großherzoglichen Hauses, 1861.

Zu 4 a, des Schemas IV. Ludwig II., Großherzog von Hessen und bei Rhein, geboren den 26. December 1777, succedirt den 6. April 1830, starb den 16. Juni 1848. An den Reformen seines Vaters festhaltend, zeigt seine Regierung daran mit Consequenz geknüpfte weitere Entwicklungen. Er war ein Herr von seltener Herzensgüte und Wohlthätigkeitsliebe, ein Vater seines Volkes bis an seinen allgemein tiefbetrauerten Tod.

Seine Gemahlin Wilhelmine, Tochter des Erbprinzen Karl Ludwig von Baden, geb. den 10. September 1788, vermählt 1804, gestorben den 27. Januar 1836, gehörte in jenen schönen fürstlichen Kreis der denkwürbigen Jahre 1834 bis 1836, da grade vier hohe Häupter der zwei fürstlichen Höfe zu Darmstadt im Guten und Nützlichen, im Wohlthun für Andere so strebsam waren, sie und ihr Gemahl, sodann der Erbgroßherzog Ludwig (des jetzt regierenden Großherzogs Königliche Hoheit) und dessen Gemahlin Mathilde, Hessens unsterbliche Landesmutter. Als dieser Kreis edler Bestrebungen durch das Ableben der Großherzogin Wilhelmine ein theures Glied verloren hatte, wurde er seit der Vermählung des Prinzen Karl von Hessen Großherzogliche Hoheit mit der preußischen Prinzessin Elisabeth Königliche Hoheit durch letztere ergänzt, wie dieses insbesondere durch ihre Stiftung des Diakonissenhauses zu Darmstadt (Elisabethenstift) den Zeitgenossen bekannt und allezeit in bleibender Erinnerung an sie ist (s. die unten alleg. Biographie der Höchstseligen Großherzogin Mathilde, S. 44 und S. 56.)

Literatur. Die zu 2 und 3 a angezeigten Schriften, sodann Dr. Steiner, Mathilde, Großherzogin von Hessen und bei Rhein, nach ihrem Leben und Wirken, 1862 — Supplement hierzu, 1863.

Zu 5 a und 6 a, des Schemas IV, Karl Wilhelm Ludwig, Großherzoglicher Prinz von Hessen und bei Rhein, zweitältester Sohn Großherzogs Ludwigs II., geboren am 23. April 1809, vermählt am 22. October 1836 mit der Prinzessin Elisabetha Maria Caroline, Tochter des Prinzen Wilhelm von Preußen, geb. den 15. Juni 1815. Ihre Kinder sind die drei Prinzen Ludwig Karl, geboren den 12. September 1837, vermählt mit der Prinzessin Alice von Großbritannien und Irland den 1. Juli 1862, geb. den 23. April 1843, Heinrich Ludwig, geb. den 28. Novbr. 1838, Wilhelm Ludwig, geb. den 16. Nov. 1845, sodann die tugendreiche hohe Verlobte Anna Maria Wilhelmine Elisabetha Mathilde, geboren den 23. Mai 1843.

Wie sie, die hohe Verlobte, väterlicher Seits in grader Linie im fünften Gliede von dem Ahnherrn Ludwig VIII. und dessen Gemahlin der Ahnfrau Charlotte Christine abstammt, so erscheint der hohe Verlobte, Großherzog Friedrich Franz II. Königliche Hoheit, mütterlicher Seits ebenfalls in grader Linie und im fünften Gliede als Nachkomme jener genannten Ahnen.

Wir gehen zu den Ascendenten dieser mütterlichen Seite über:

Zu 2 b und 3 b des Schemas IV. Unter den oben zu Nr. 1 verzeichneten Kindern Ludwigs VIII. befindet sich der Landgraf Georg Wilhelm, geboren den 21. Juli 1722, † den 21. Juni 1782, dessen berühmte Gemahlin Albertine Luise, geborene Gräfin zu Leiningen=Dachsburg am 11. März 1818 90 Jahre alt, zu Neustrelitz starb und 122 Kinder, Enkel und Urenkel hinterließ, bei deren Erziehung und Ausbildung sie einen hervorragenden Einfluß hatte. Der Hof dieses Fürstenpaars zu Darmstadt war der Anziehungspunkt edler Genüsse und belebte gleichzeitig mit jenem der Landgräfin Henriette Caroline (s. zu Nr. 2 a) diese Stadt und die nach höherer Bildung strebenden Kreise derselben (s. die zu 2 a allegirte Biographie Ludewigs I., S. 41 f.)

Unter den vier Töchtern, deren Vermählungen in der Schrift des Verfassers „Die Verwandtschaften des Großherzoglich Hessischen Hauses ꝛc.", S. 16 und 20 angezeigt sind, befindet sich die im Schema 2 dieser Schrift aufgeführte Prinzessin Friederike Caroline, geboren den 20. August 1752, † den 22. Mai 1782, erste Gemahlin des Erbprinzen nachherigen Großherzogs von Mecklenburg = Strelitz, Karl Ludwig und als Ascendentin (Urgroßmutter des hohen Verlobten) vorzugsweise in dieser mütterlichen Linie genannt.

Als Tochter jener berühmten Erzieherin (der Landgräfin Georg) fein gebildet und tugendreich, stand sie ihrem an hohen Eigenschaften des Geistes und Herzens hervorragenden Gemahle würdig zur Seite. Nach ihrem frühzeitigen Tode (1782) wählte er Darmstadt auf einige Zeit zu seinem Wohnsitze meist in der Absicht auf die Erziehung seiner zu 4 b genannten Tochter Luise, unter der Leitung seiner verständigen und hochgebildeten Schwiegermutter.

Zu 4 b des Schemas IV. Luise Auguste Wilhelmine, geboren den 16. März 1776, † den 19. Juli 1810, Gemahlin Friedrich Wilhelm III. König von Preußen (s. zu 3, b) war und bleibt den Edlen ihres Geschlechts ein leuchtendes Vorbild der Tugend und Grazie. Ihr edles Thun als Königin, Gattin und Mutter wird in der Geschichte fortleben. Unter den 10 Kindern dieser Ehe nennen wir die zu 5 b in das Schema gehörige Tochter als viertes Glied in der graden Linie mütterlicher Seits.

Literatur. Frau von Berg: Louise die Königin. Berlin, 1814.

Zu 5 b, des Schemas IV. Friederike Wilhelmine Alexandrine, geboren den 23. Februar 1803, vermählt den 25. Mai 1822 mit dem Erbgroßherzoge, nachherigen (seit 1837) Großherzoge Paul Friedrich von Mecklenbnrg-Schwerin, Wittwe seit 1842, ist die Tochter Friedrich Wilhelm III. Königs von Preußen und dessen Gemahlin der zu 4 b genannten unvergeßlichen Königin Luise. Das leuchtende Vorbild ihrer höchstseligen Mutter ist ihr leitender Stern und hat sich ihrer Seele zu eblem Thun in den verschiedenen Verhält= nissen ihres Lebens als Großherzogin und Landesmutter, als Ge= mahlin, Wittwe, Mutter, Schwester, Freundin, Rathgeberin und Wohlthäterin der Armen, tief eingeprägt und in vielen einzelnen zahlreichen Fällen (zu deren Aufzählung uns, gleichwie zu dem Lobe der übrigen im Schema genannten Fürstinnen der Raum in dieser einem andern Zwecke bestimmten Schrift fehlt), auf die rührendste Weise kund gegeben.

Ihr Gemahl, ein stattlicher, kräftiger Mann, voll Lebensfrische, starb den 7. März 1842 in dem besten Alter (42 Jahre alt) uner= wartet und rasch an einer Unterleibsentzündung, die er sich bei der Löschung einer in der Stadt Schwerin ausgebrochenen Feuersbrunst zugezogen hatte. Keine unerschöpfliche Menschenliebe, warme Vater= landsliebe waren die Grundzüge seines Characters. Einfach und freundlich befand er sich gerne unter seinen Unterthanen, die ihn aufrichtig liebten und im dankbaren Gefühle an das viele Gute, welches er ihnen erwiesen, sich seiner stets erinnern werden. Die Stadt Schwerin, wohin er seine Residenz von dem kleinen Orte Ludwigslust verlegt hatte, verdankt ihm ihren neuen großen Auf= schwung durch Anlegung eines großen Stadttheils, Paulsstadt ge= nannt, durch Vermehrung der Straßenverbindung für Beförderung des Verkehrs dahin, durch Verbesserung des Heerwesens und Erbauung eines Arsenals u. a. m.

Zu 6 b des Schemas IV, Friedrich Franz II., der Erbe elter= licher Tugend und Charactergröße, des jetzt regierenden Groß= herzogs von Mecklenbnrg-Schwerin Königliche Hoheit, geboren den 23. Februar 1823, succedirte am 7. März 1842, 19 Jahre alt, seinem oben (5 b) genannten höchstseligen Vater. Am 3. Nov. 1849 vermählte er sich mit der Prinzessin Auguste Mathilde Wilhelmine von Reuß = Köstritz, geboren den 26. Mai 1822, welche ihm am 3. März 1862 durch den Tod entrissen wurde. — Sie war, wie in dem unten allegirten Vermählungsprogramm S. 1 bemerkt wird: „die Bewahrerin jenes reinen und frommen Sinnes, den nicht allein ihre Voreltern mütterlicher Seits, sondern auch im gleichen Streben der Gründer des Hauses Reuß=Köstritz, der edle Heinrich XXI. sowohl in den Familien zu pflanzen und zu nähren als auch über Deutschland zu verbreiten bemüht waren.“

Literatur. Dr. Lisch, Graf Heinrich XXIV. Reuß zu Köstritz und Herzog Carl Leopold von Mecklenburg = Schwerin, ein urkundlicher Beitrag zur Kirchengeschichte Mecklenburgs, zur Feier der hohen Vermählung Seiner Königlichen Hoheit des allerdurch= lauchtigsten Großherzogs Friedrich Franz von Mecklenburg=Schwerin mit Ihrer fürstl. Durchlaucht der Frau Auguste Mathilde Wilhelmine, Prinzessin Reuß aus dem Hause Schleiz=Köstritz, am 3. Nov. 1849.

Zum Schlusse dieser Genealogie noch die Bemerkung, daß durch die künftige Vermählung der hohen Verlobten, rücksichtlich Ihrer Königlichen Hoheit der Großherzogin Mutter von Mecklenburg= Schwerin (s. 5 b) das Großherzoglich Hessische Haus mit dem Königlichen Hause Preußen im siebenten Falle verwandt wird. (S. Dr. Steiner, die Verwandtschaften des großherzoglich hessischen Hauses, S. 13, 14, 15 und als Supplement hierzu das beiliegende Schema 3).

Der hehre Geist vieler verklärten Ahnen dieses genealogischen Rundgemäldes schwebt im Lichtkreise der neuen Zeit über den er= lauchten Nachkommen, und findet als ein leuchtendes Vorbild un= sterblichen Ruhms in ihren dankbaren edlen Herzen eine sichere Wohnstätte zu Gewinnung herrlicher Früchte für sie, die hohen Ver= lobten zu ihrem künftigen ehelichen Glücke, für ihre erlauchten Ange= hörigen und Nachkommen und für das uns Allen so theure Vaterland.

Darmstadt im Februar 1864.

Der Verfasser.

Schema I.

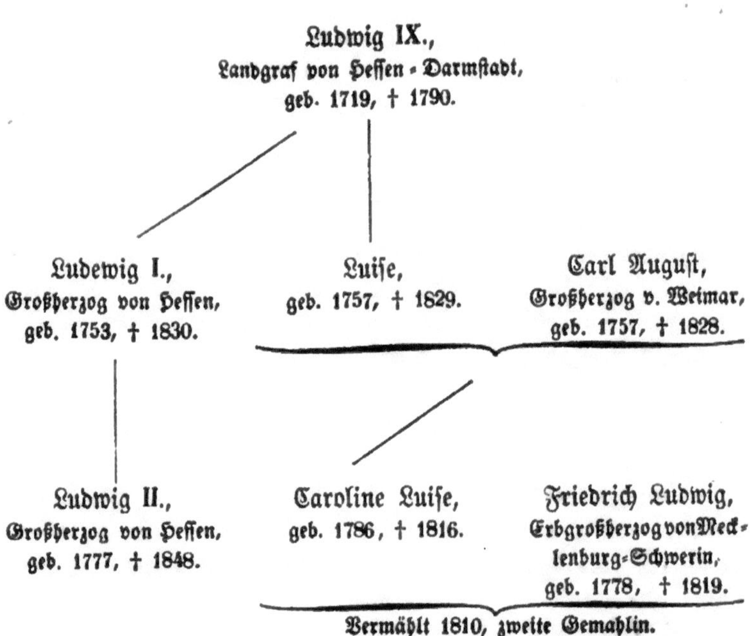

Schema II.

Ludwig IX.,
Landgraf von Hessen-Darmstadt,
geb. 1719, † 1790.
Ludewig I.,
Großherzog von Hessen,
geb. 1753, † 1830.
Caroline,
geb. 1746, † 1823.
Friedrich Ludwig,
Landgraf von Hessen-Homburg,
geb. 1740, † 1820.
Ludwig II.,
Großherzog von Hessen,
geb. 1777, † 1848.
Auguste,
geb. 1776, † 1828.
Friedrich Ludwig,
Erbgroßherzog von Mecklen-
burg-Schwerin,
geb. 1778, † 1819.
Vermählt 1818, dritte Gemahlin.

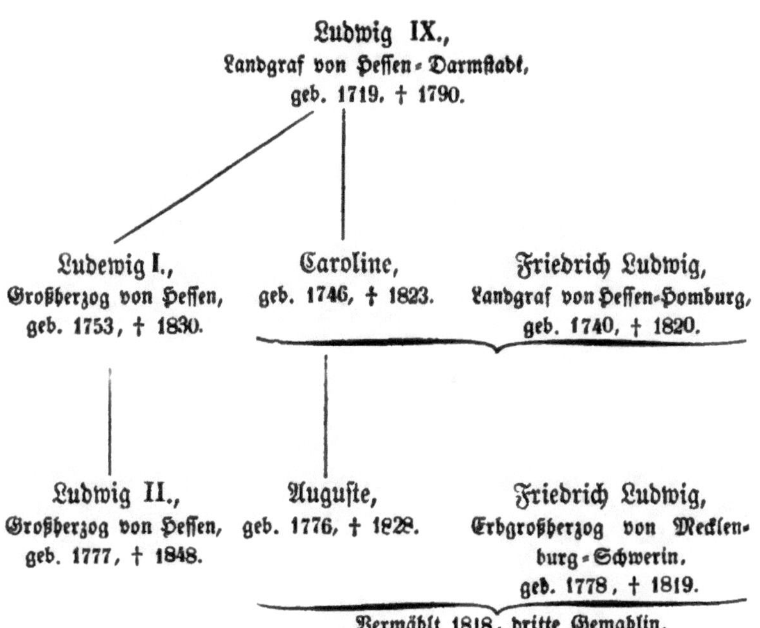

Schema III,

als Supplement zu der Schrift: Die Verwandtschaften des Großherzoglich Hessischen Hauses, S. 13, 14, 15.

Ludwig II.,
Großherzog von Hessen, geb. 1777,
† 1848, Gemahlin Wilhelmine,
geb. 1788, † 1836.

Friedrich Wilhelm III.,
König von Preußen, geb. 1770,
† 1840, Gemahlin Luise,
geb. 1776, † 1810.

Ludwig III.,
Großherzog von
Hessen, geb. 1806,
Gemahlin Ma-
thilde, geb. 1813,
† 1825.

Karl, Prinz,
geb. 1809,
Gemahlin Elisa-
beth, geb. 1815.

Alexandrine,
Großherzogin,
geb. 1803, Gemahl
Paul Friedrich,
geb. 1800, † 1842.

Wilhelm I.,
König v. Preußen,
geb. 1797, Gemah-
lin Auguste, Prin-
zessin v. Sachsen-
Weimar geb. 1811.

Anna,
Prinzessin,
geboren 1843.
Verlobte.

Friedrich Franz II.,
Großherzog von Mecklenburg-
Schwerin, geb. 1823.
Verlobter.

2 a)   Lu[...]   Albertine Luise,
                  Landgraf vo[...]   [...]fin von Leiningen-Heidesheim,
                      geb.   geb. 1729, † 1818.

3 a)   L[...]   Carl Ludwig,
              Großherzog von[...]   [...]herzog von Mecklenburg-Strelitz,
                      geb. [...]   geb. 1784, † 1810.

4 a)   L[...]   Friedrich Wilhelm III.,
                  Groß[...]   König von Preußen,
                      geb.   geb. 1770, † 1840.

                                       Paul Friedrich,
              Großherzog   [...]herzog von Mecklenburg-Schwerin,
              Gemahlin M[...]   geb. 1800, † 1842.
              Bayern

                                       Auguste,
                                       Prinzessin von Reuß-Köstritz,
                                           geb. 1822, † 1862.